Un príncipe en la nevera

César García Muñoz

Primera edición,
Febrero 2011

Edición y corrección: Nieves García Bautista
Ilustración de portada: Julián García Muñoz
Asistente creativo: Diego García Torres

A mis sobrinos, Diego y Sara.

Capítulo 1

Hacía mucho rato que me habían mandado a la cama, pero era imposible dormir. ¡Qué calor hacía!

Todo estaba muy oscuro y solo se escuchaba el tic tac del reloj del pasillo. Quería aguantarme pero ya no podía más, tenía que ir al baño. Así que me levanté muy despacio y, sin hacer ruido, salí de puntillas de la habitación. No quería despertar a mi madre porque me había castigado injustamente y estaba enfadada con ella.

—¡Sara, estás castigada! —me había dicho esa misma mañana, muy cabreada.

—¡Yo no he sido mamá!

—Esta noche te has comido dos helados y encima lo niegas.

—Habrá sido el primo Roberto.

—Cuando se fue tu primo, saqué el pescado para la cena y los helados seguían allí. ¿Cómo explicas eso?

—Jo, no es justo.

Y no era justo. La noche anterior alguien se había comido dos helados de chocolate, mis preferidos, y mi madre me había echado a mí la culpa. Pero os aseguro que yo no había sido. Y lo peor es que ya solo quedaban otros dos helados de chocolate.

Estaba ya al final del pasillo cuando, de repente, una luz roja comenzó a brillar al otro lado. Parecía venir de la cocina. No podían ser mis padres porque les oía dormir y roncar en su habitación. Entonces, ¿quién había allí?

Me acerqué muy despacio sin hacer ningún ruido. Tenía un poco de miedo, pero también sentía mucha curiosidad por descubrir lo que pasaba. La luz roja salía de la cocina a través de la puerta entreabierta, dibujando sombras extrañas en la pared. Me asomé con mucho cuidado y me quedé pasmada. El congelador estaba abierto y el envoltorio de uno de mis helados de chocolate estaba tirado en el suelo.

Pero lo más increíble era que dos botas rojas y diminutas asomaban del congelador. Las botas brillaban en la oscuridad, mientras su pequeño dueño pataleaba y gruñía. Parecía muy concentrado, mordisqueando algo de la nevera. ¡Otro helado de chocolate!

—¡Oye, tú, ese helado es mío! —dije enfadada.

—Oh, oh —contestó una vocecita desde la nevera.

Una cabeza minúscula salió entonces del congelador y me miró con ojos brillantes. Tenía el pelo moreno y muy rizado, del que sobresalían dos orejas puntiagudas. La nariz era un pegote con forma de fresa, bajo la que crecían unos largos bigotes manchados de chocolate.

—Voy a llamar a mi madre y tendrás que explicarle todo esto —le dije amenazadora.

—Oh, oh —repitió el hombrecito mirándome asustado. Y antes de que me diese cuenta, se dio la vuelta y comenzó a esconderse entre los helados y los cubitos de hielo.

—¡Ven aquí!

Era muy rápido y casi se me escapa, pero al final conseguí agarrarle por una de las botas y le sujeté con fuerza.

—Oh, oh —dijo mientras se revolvía y pataleaba tratando de huir.

—No te escaparás tan fácilmente.

Parecía mentira, pero aquel ser tan pequeño tenía una fuerza de elefante. Poco a poco me fue arrastrando con él hasta que tuve la cara pegada a la nevera, pero no quería soltarle. Mi madre me volvería a castigar al ver los helados por el suelo, y no me creería si no le llevaba al responsable. Tiré de él con todas mis fuerzas y conseguí sacarle un poco del congelador.

Entonces aquel ser gritó con voz chillona y me golpeó en la mano con su bastón.

—¡Blanquiluz, cierra!

No me hizo daño pero, de repente, una luz blanca me envolvió y todo a mi alrededor se hizo enorme. Lo último que vi antes de que el mundo se quedase a oscuras fue una gamba del tamaño de una casa que me miraba fijamente desde arriba.

Capítulo 2

No sé cuánto tiempo estuve dormida, pero al despertar noté que el aliento formaba una nubecilla al salir de mi boca. Hacía mucho frío y todo en torno a mí era muy blanco, como un paisaje nevado. Estaba enterrada debajo de un montón de pieles y a mi lado había encendido un pequeño fuego.

De repente, oí ruidos detrás de unos bloques de hielo muy grandes y cuadrados que estaban amontonados cerca.

¡Toc, toc, toc! ¡Toc, toc, toc!

Me levanté y fui hacia allí. Los bloques me recordaban a algo, pero... ¡no podía ser! Eran iguales que los cubitos de hielo que había en la nevera de mi casa. Y los palos que ardían en el fuego eran idénticos a los palillos que usaba mi padre. Pero había otros trozos de madera que no supe reconocer.

¡Toc, toc, toc! ¡Toc, toc, toc!

Los ruidos sonaron de nuevo. Di la vuelta a los cubitos gigantes de hielo y descubrí de dónde provenían. El enano con el pelo rizado y bigotes de ratón estaba de espaldas, cortando con un hacha un tronco caído. Pero ahora ya no me parecía tan pequeño, debía de ser más o menos de mi altura y estaba bastante gordo. Me acerqué un poco más y me quedé alucinada. Aquello no era un tronco caído, sino el palo de un helado gigante. El trozo de madera acababa en un envoltorio de color marrón con unas letras blancas enormes que decían «Chocolate». No había duda, era uno de mis helados, pero tenía el tamaño de una casa de dos pisos. Ya sabía de dónde venían los trozos de madera que ardían en la hoguera junto a los palillos.

El hombrecito acabó de recoger el hato de leña y se giró hacia mí. Al verme bajó la cabeza como si estuviese avergonzado.

—Oh, oh. Menuda he liado, menuda he liado —dijo.

—¿Qué ha pasado?¿Y dónde estoy?

—Oh, oh, pues eh… verás, lo primero es difícil de explicar. La segunda pregunta es más fácil, estamos en MundoVera.

—¿MundoVera? ¿Qué es eso?

—Pues eso, es el mundo de la nevera. Planta cero, para ser más exactos, o sea el congelador —dijo, bajando de nuevo la vista.

—No puede ser, esto debe ser un sueño.

El enano negó con la cabeza y señaló a su alrededor.

—Para mí es más bien una pesadilla —dijo en voz muy baja, aunque llegué a escucharle.

El suelo y el cielo eran completamente blancos y se extendían en todas direcciones. Por todos lados podía ver las cosas normales que se encuentran en el congelador de una nevera, mejor dicho, en el de mi nevera. Ensaladilla rusa, una bolsa de guisantes, zanahorias, una lasaña…

—¿Y quién eres tú?

—Me llamo Donratón del Callejón Ancho, y soy secretario principal y alto bibliotecario de MundoVera —dijo barriendo el suelo con la barriga mientras hacía una reverencia algo ridícula.

—Yo me llamo Sara Rubio, y estoy en segundo de primaria. Pero, ¿por qué me has traído aquí?

—Verás, Su Altísima Majestad Majestuosa, el Príncipe Rubiales, me mandó a buscar un caballero de MundoReal y bueno...me encontré contigo. —Esto último lo dijo tan bajito que casi no pude entenderle.

—¿Un caballero? ¿Para qué necesita uno? Además yo no soy un caballero, soy una niña, y no sé que es MundoReal.

—MundoReal es tu mundo, el mundo donde vivís los humanos. Y bueno, el príncipe necesita un caballero para... para jugar una partida de ajedrez.

—A mí no me gusta el ajedrez, prefiero el parchís.

—Oh, oh, bueno, eso también valdrá. Al príncipe también le gusta jugar al parchís con los caballeros de MundoReal.

—Yo no soy caballero y ahora no quiero jugar al parchís. Quiero volver a casa. Si mi madre se despierta y no me encuentra en la cama, se va a asustar mucho. Llévame a casa.

—Oh, oh. Bueno esto... verás, hay un pequeño problema, Caballero Sara Rubio. Yo no te puedo llevar de vuelta a MundoReal. Eso sólo puede hacerlo el príncipe.

—Pero tú me trajiste aquí.

—En realidad no fui yo. Utilicé un hechizo creado por el

príncipe.

—Pues usa otro hechizo del príncipe para llevarme a casa.

—No me queda ninguno, Caballero Sara Rubio… Solo el príncipe los puede inventar. Pero si vamos a verle, seguro que prepara uno para ti.

—Está bien, si no queda otro remedio. Pero tenemos que darnos prisa y volver antes de que mis padres se despierten. ¿Dónde vive ese príncipe? Y deja de llamarme Caballero.

—Su Altísima Majestad Majestuosa, el Príncipe Rubiales, vive en el Castillo de Siempre Fresco, en la planta más alta de MundoVera, entre los Montes Embutidos y los pantanos de Yoguria.

—¿Y cómo vamos a llegar allí?

—¡Pues cómo va a ser! ¡Cogiendo el ascensor! —Donratón señaló hacia un punto en el horizonte. Una columna plateada subía desde el suelo y se perdía en la blancura del cielo.— En marcha, no hay tiempo que perder.

Donratón sacó un bastón pintado con los colores del arco iris y lo alzó apuntando al cielo. Al fijarme un poco más, vi que se trataba de una cerilla pintada con rotuladores de distintos colores.

—¡Por Su Altísima Majestad Majestuosa, el Príncipe Rubiales, príncipe en la nevera! —gritó con vocecilla cascada. Luego tosió un par de veces y se me quedó mirando, esperando que yo acompañase su grito.

Al verme callada, acabó dando un silbido, y pocos segundos después, dos puntitos naranjas aparecieron a lo lejos. Los puntitos fueron creciendo mientras se acercaban a toda velocidad y pronto pude reconocerlos. No podía creérmelo. Se trataba de dos gambas enormes que frenaron en seco a nuestro lado. Cada una llevaba una silla de montar sobre su espalda y todas sus patitas calzaban zapatillas de carreras.

—No encontrarás montura más rápida en MundoVera —dijo Donratón mientras subía con dificultad sobre la pobre gamba, que se encorvó aún más bajo el peso del secretario.

Me monté sobre mi gamba de carreras y acaricié su lomo. Era muy suave, como el de uno de mis peluches. La gamba giró la cabeza y me guiñó un ojo. Antes de que me diera cuenta salió disparada hacia delante.

—Agárrate bien, Caballero Sara Rubio —dijo a mi lado Donratón.

—¡Que soy una chica, no un caballero! —grité, pero el hombrecillo se había quedado atrás y creo que no me oyó. Su gamba llevaba mucho más peso que la mía y no podía seguir nuestro ritmo.

Durante un buen rato, galopamos a toda velocidad a través del suelo blanco en dirección a la columna plateada. Al bajar una pequeña colina nos encontramos con una muralla de cristal que se extendía por toda la llanura helada. El muro estaba hecho de cubitos de hielo apilados unos sobre otros. La única forma de atravesarlo era una puerta, también de cristal, que se encontraba justamente en el medio. En lo alto de la pared de hielo, se veían unos palitos amarillos que se movían nerviosamente de un lado a otro. La puerta estaba cerrada, pero mi gamba no parecía verlo y se dirigía hacia

15

ella a toda velocidad.

—¿Quién va? —preguntó alguien desde el muro—. ¡Santo y seña!

Al ver que no deteníamos la marcha, la misma voz sonó más nerviosa.

—Sin la palabra clave no se puede pasar —dijo esta vez.

—¡Para! —grité a la gamba—. ¡Que nos vamos a empotrar!

Pero la gamba siguió recta hacia delante sin hacernos caso ni a mí ni al guardián del muro. Solo faltaban unos pocos metros y nos daríamos de morros contra el hielo. En el último momento, sonó una trompeta en lo alto de la muralla y la puerta comenzó a abrirse.

—Están locos estos jóvenes —dijeron desde la muralla.

La gamba se coló por la ranura, que era tan estrecha, que la camisa de mi pijama se quedó enganchada en la puerta.

¡Crac, cric, craaaaac!

Media manga se quedó colgando en la puerta como una bandera verde al viento. A mí no me importó demasiado, porque el pijama era un poco feo, pero cuando mi madre viese aquello, se iba a enfadar mucho.

Un silbido sonó detrás de nosotros y la gamba de carreras frenó en seco. Al darme la vuelta, vi a Donratón parado en la puerta hablando con un grupo de hombrecillos alargados y amarillos. Esta vez ya no me sorprendí. Los guardianes del muro de cubitos de hielo eran patatas fritas congeladas. Todas llevaban un palillo como lanza y una chapa de refresco pintada de azul como escudo.

—Las gambas de carreras son muy rápidas, pero no demasiado inteligentes —dijo la patata frita más alta.

Era la misma voz que había escuchado sobre la muralla y parecía ser el jefe de los guardias.

—Y dicen que algunas se han pasado al otro bando —añadió otro guardia más bajito y regordete. Parecía más una patata asada que una frita.

Mi gamba de carreras pateó el suelo con sus zapatillas, como si hubiese escuchado la conversación y estuviese enfadada.

—Al menos, todos vosotros seguís con el príncipe —contestó Donratón—. El congelador es seguro pero, por si acaso, cerrad bien la puerta y no dejéis pasar a nadie.

Donratón se acercó hasta mí y resopló de cansancio.

—Tu gamba iba demasiado rápida y casi no me da tiempo a avisar a la guardia —se disculpó.

—¿Quién está contra el príncipe? —pregunté con curiosidad.

—Oh, oh. Nadie, Caballero Sara Rubio, es sólo un juego. Es una forma divertida de hablar que usamos entre nosotros. Y ahora —dijo mirando a mi gamba con cara de pocos amigos—, ve más despacio, a mi ritmo, ¿de acuerdo?

La gamba se removió incómoda y acabó asintiendo.

Nos pusimos de nuevo en marcha, esta vez un poco más lentos. Al poco rato, llegamos a una zona elevada en la que había un círculo muy grande por el que corrían un montón de seres regordetes de color verde y amarillo. El círculo era la masa de una *pizza,* aunque en este caso había una portería en cada extremo. Los seres de color amarillo eran granos de maíz, y los verdes eran guisantes congelados. Todos corrían como locos detrás de una pelota de hielo.

—Se está disputando la final del campeonato de fútbol de MundoVera —dijo Donratón—. Si ganan los guisantes, serán campeones por tercera semana consecutiva.

Había once jugadores por cada equipo y el árbitro, vestido de negro, parecía ser una morcilla de Burgos. En las gradas, hechas con bloques de helados, las aficiones de los dos bandos aplaudían y gritaban a los suyos.

¡Gooooooooooool!

Un grano de maíz había hecho un gran regate a dos guisantes, que se habían quedado literalmente congelados, y de un potente disparo había batido al portero.

—Parece que este año habrá un nuevo campeón —dijo Donratón.

La verdad es que a mí el fútbol no me gusta mucho, aunque a veces lo veo con mi padre los domingos por la tarde, mientras hacemos los deberes.

Dejamos atrás el estadio de fútbol y continuamos cabalgando por la pradera helada. Al fondo, ya muy cerca, podía ver el ascensor de MundoVera. Era un tubo de plata muy grande que comenzaba en el suelo y se perdía en lo alto, entre las nubes blancas. A los lados del ascensor había muchos bloques de edificios muy grandes y cuadrados. Todos eran iguales y tenían un gran letrero pintado en la fachada: «Palitos de merluza». A mi madre y a mi abuelo Jerónimo les gustan mucho; yo en cambio prefiero las salchichas.

No había nadie por la calle, y aunque algunos edificios tenían las ventanas abiertas, tampoco se veía gente dentro. Continuamos avanzando mientras Donratón miraba a todos lados. Ya se veía el ascensor al fondo, vacío y con las puertas abiertas. Estaba hecho de cristal, y relucía como una copa recién lavada y puesta al sol.

Entonces, sonaron unos tambores y el suelo comenzó a vibrar rítmicamente.

—Oh, oh —dijo Donratón con los ojos muy abiertos.

De repente nos vimos rodeados. Primero salieron por los lados, luego por delante, y finalmente, también por detrás. Era un ejército de palitos de merluza que marchaban en perfecto orden hacia nosotros. Cuatro batallones nos cerraban el camino, confinándonos a un espacio cada vez más pequeño. Andaban al paso todos a una y el suelo retumbaba como en un pequeño terremoto. Todos vestían un uniforme rojo y llevaban una espina de pescado por espada. Cuando estaban ya muy cerca detuvieron la marcha. Tenían aspecto de muy pocos amigos

—Oh, oh. Si se han unido a él, estamos perdidos —dijo Donratón muy asustado.

—¿Si se han unido a quién? —le pregunté sin saber qué estaba pasando.

No le dio tiempo a contestar. El batallón que teníamos en frente rompió su perfecta formación y un chico enorme, vestido con un uniforme de capitán de color amarillo, se adelantó, y habló con una voz profunda como una cueva. Don Ratón gimió al verle y trató de enterrar la cabeza en su propia chaqueta.

—Por orden del Duque de Roquefort, quedáis todos detenidos. Se os acusa de alta traición y atentado contra la autoridad de MundoVera —dijo el joven.

—Oh, oh. Es Podridín, el sobrino del Duque de Roquefort —susurró Donratón, temeroso.

—¿El sobrino de quién? ¿Y por qué dice eso? ¿No trabajabas para el príncipe de MundoVera?

Donratón no tuvo tiempo ni de abrir la boca.

—Cogedles —gritó el chico vestido de amarillo, sobrino de no sé quién.

El ejército de palitos de merluza avanzó hacia nosotros. Donratón abría y cerraba la boca, y miraba asustado a los soldados. Yo no sabía qué hacer y tampoco me dio mucho tiempo a pensarlo. Entonces, nuestras gambas de carreras juntaron los bigotes como si estuvieran hablando y asintieron a la vez con la cabeza.

Los primeros soldados se nos echaron encima con las espinas de pescado en alto. Pero no contaban con la rapidez y los reflejos de las gambas de carreras. Nuestras monturas comenzaron a correr en direcciones opuestas, esquivando palitos y espinas por igual. Los soldados nos superaban en número, pero eran muy torpes y lentos en comparación con las ágiles gambas. Me agarré muy fuerte al cuello de mi cabalgadura mientras avanzaba hacia el ascensor, escapando por los pelos de una gamba de los soldados.

Podridín, al ver lo que sucedía, les gritó un montón de órdenes a sus soldados. Los últimos palitos que quedaban entre nosotros y el ascensor se amontonaron unos sobre otros formando una barrera altísima de merluza compacta. Detrás, sus compañeros continuaban persiguiéndonos. Las dos gambas se tomaron un pequeño respiro y se miraron a los ojos durante un momento.

De repente comenzaron a correr a toda velocidad contra la barrera de merluza y en el último instante dieron un salto increíble. Cerré los ojos asustada, esperando el golpe contra el muro. Pero no pasó nada. Mi gamba había conseguido salvar la muralla y ya no había obstáculos entre nosotros y el ascensor.

Pero la otra gamba había tenido menos suerte. Transportaba mucho más peso, y al saltar, se golpeó las patitas contra lo alto del muro. La pobre logró superar la barrera, pero cayó tendida al suelo. Donratón salió despedido y rodó unos metros como si fuera una gran albóndiga. La gamba se había lesionado y no podía continuar su carrera.

Donratón miró asustado hacia atrás. Los palitos de merluza comenzaron a desarmar la barrera. Solo era cuestión de segundos que se lanzasen de nuevo a por nosotros. Entonces mi gamba se acercó corriendo a su compañera caída y juntaron de nuevo los bigotes. Después, mi gamba asintió con fuerza y se echó sobre el lomo a Donratón. Estaba muy gordo y resbaló por la espalda, empujándome contra la silla. Casi me aplasta.

El ejército de palitos consiguió deshacer la muralla y se lanzaron de nuevo a por nosotros. El sobrino del duque iba el primero y logró agarrar una patita de nuestra gamba. El tufo a queso pasado que despedía Podridín era insoportable.

No podíamos movernos y los demás soldados se nos echaban encima. Nos iban a atrapar, así que, sin pensármelo dos veces, le quité el bastón multicolor a Donratón y golpeé con fuerza la mano del muchacho. Este dio un grito pero no soltó a su presa. Tuve que darle dos golpes más con todas mis fuerzas para conseguir liberar a nuestra montura.

En cuanto estuvo libre, la gamba de carreras salió pitando hacia el ascensor. Pero llevaba mucho peso y no lograba distanciarse de los soldados, que nos pisaban los talones.

—¡Corre, bonita, corre! —grité tratando de animarla.

Y lo conseguí, porque me miró y comenzó a correr un poco más rápido. No mucho más, pero sí lo suficiente para dejarnos junto al ascensor con unos metros de distancia sobre los palitos de merluza.

Al tocar el suelo, Donratón pareció recuperarse de repente y saltó dentro del ascensor.

—¡Rápido, rápido, Caballero Sara Rubio, móntate, que vienen!

Me subí al ascensor y miré hacia atrás. Mi gamba de carreras, sin respiración por el esfuerzo, se quedó fuera.

—¡Vamos, ven con nosotros! —le grité.

—No puede venir, las gambas pertenecen a la planta de los congelados —dijo Donratón a mi espalda.

—¡Qué más da, nos ha salvado! —repliqué enojada.

—Está prohibido, son las leyes del príncipe.

La gamba asintió con la cabeza y me tocó con sus suaves bigotes. No me habló, pero en ese instante sentí que me deseaba mucha suerte.

—No te preocupes —le dije convencida—. Volveré a buscarte.

—¡Entra, entra, que vienen! —chilló Donratón muy asustado.

Los primeros palitos de merluza se acercaban a la carrera. El ascensor tenía cuatro botones, también hechos de cristal, con sus correspondientes rótulos al lado; nivel uno, Mundo Blanco; nivel dos, Mundo Verde; nivel tres, Mundo Rojo; nivel cuatro, Mundo Azul y Castillo de Siempre Fresco.

Donratón pulsó con nerviosismo el botón del nivel cuatro y la puerta comenzó a cerrarse. Un soldado se lanzó de un salto y logró meter la mano entre las puertas de cristal, bloqueando el ascensor.

Capítulo 3

—¡Suelta, bicho feo, suelta! —gritó Donratón dándole pisotones.

Yo le ayudé usando su bastón y entre los dos conseguimos que se soltara. El ascensor acabó de cerrarse y se quedó parado durante unos segundos interminables. Fuera, los palitos de merluza golpeaban la puerta e intentaban abrirla.

—¡Sube de una vez, trasto viejo, sube de una vez! —chilló Donratón.

Lentamente, el ascensor comenzó a ascender y los golpes de los soldados fueron quedando atrás.

—¡Uf! De buena nos hemos librado, Caballero Sara Rubio.

—Deja de llamarme así. Soy una niña, pero no soy tonta. Más te vale que me cuentes la verdad o volvemos a bajar al congelador —le dije blandiendo su bastón, con gesto amenazante.

—Oh, oh…verás…esto...

—Nada de oh, oh. Cuéntame la verdad sin enrollarte.

—Es una larga historia, aunque tenemos tiempo. El ascensor es bastante lento, tarda unos quince minutos en recorrer cada nivel. Así que aún nos queda una hora para llegar al nivel cuatro y ver al príncipe —dijo Donratón con un suspiro.

El panel del ascensor tenía un dibujo que mostraba el nivel en que nos encontrábamos. Acabábamos de salir del primer piso y estábamos aún muy lejos del segundo.

—Pues empieza a contar. ¿Por qué nos querían capturar los palitos de merluza y quiénes son el Duque de Roquefort y su sobrino Podridín? —le pregunté.

Donratón miró al suelo unos segundos antes de contestar.

—Bueno, antes o después te ibas a enterar. El Duque de Roquefort es el tío de Su Altísima Majestad Majestuosa el Príncipe Rubiales. La semana pasada el duque, apoyado por un ejército de coliflores, atacó por sorpresa el cuarto nivel. Quería hacerse con el trono y mandar a prisión al príncipe. —Donratón se tiraba de los bigotes, nervioso.

—¿Y qué pasó? —pregunté intrigada.

—Pues que el príncipe consiguió refugiarse en el Castillo de Siempre Fresco con sus servidores leales, pero el duque le rodeó y bloqueó las salidas.

—¿Y el ejército del príncipe no luchó contra el duque?

—Bueno, en realidad, el príncipe no tiene ejército. Nunca lo ha necesitado... hasta ahora.

—Y entonces, ¿cómo va a derrotar al Duque de Roquefort?

—El príncipe tiene poderes mágicos y quiere crear un hechizo muy poderoso que le permita derrotar al duque. Pero para hacerlo, necesita la ayuda de un caballero de MundoReal.

—¡Por eso te envió a ti fuera de la nevera, a nuestro mundo!

—Así es, aunque al principio el encargado de buscar al caballero no iba a ser yo, pero en fin, esa es otra historia —dijo Donratón agachando la cabeza—. El caso es que te encontré a ti, Caballero Sara Rubio.

—¡Que no soy un caballero, soy una chica! —le grité, harta de repetírselo.

—Bueno, bueno, pero al menos eres de MundoReal, ¿no? Eso ya es algo, he cumplido la mitad del encargo.

—Pues podías haber buscado un poco mejor. Mi padre sí sería un buen caballero, trabaja en un taller y está muy fuerte. Además lee muchos libros y sabe un montón de magos y de armas.

—Verás, hija mía, en MundoVera no sabríamos distinguir a un caballero de MundoReal de un microondas. Créeme, darás el pego.

—¿Pero qué tengo que hacer? Si necesitáis a un caballero de verdad, yo no serviré —dije poco convencida.

—Ya lo creo que servirás. En realidad, la magia en MundoVera es un poco especial, basta con que el príncipe crea que eres un caballero de verdad para que su hechizo funcione... o al menos eso creo.

—No me convence. Cuando vea al príncipe le contaré la verdad —contesté muy seria.

Donratón se atragantó y su cara fue pasando por todos los colores del arco iris hasta recuperar su color rojizo normal.

—Vamos, Sara Rubio, ¿qué te cuesta? Además, si el príncipe gana, podrás regresar a tu casa, pero si gana el Duque de Roquefort… te quedarás en MundoVera para siempre.

Esa posibilidad me asustó bastante. Aquel mundo era muy interesante y más divertido que el cole, pero quería volver a casa con mis padres.

—Está bien —dije después de pensarlo un rato—. Pero en cuanto os ayude me llevaréis a casa.

La cara de Donratón se iluminó como si se hubiese tragado una bombilla ecológica de las grandes.

—Trato hecho —dijo aliviado y me tendió la mano.

—Trato hecho —contesté.

En realidad, me hacía bastante ilusión ser un caballero y poder ayudar al príncipe contra el malvado Duque de Roquefort.

—Caballero Sara Rubio de Segundo de Primaria —dijo pensativo Donratón—. Deberíamos añadir más títulos a tu nombre, para que suene más importante. ¿Cómo se llama el lugar de MundoReal donde vives? ¿Y cómo se llaman tus padres?

—Vivo en el PAU del ensanche de Vallecas, en Madrid. Mi padre se llama Raúl, y mi madre, Eva.

—Ummhh… ¿Qué te parece esto? Caballero Sara Rubio, campeón de Segundo de Primaria. Defensor del PAU, hijo del Rey Raúl II del Ensanche y de la Reina Eva IV de Vallecas.

—Me gusta —contesté encantada.

—Pues ahí lo llevas —dijo con una sonrisa—. Ahora eres caballero e hija de reyes, lleva tus títulos con orgullo.

La verdad es que no le había visto tan feliz desde que le había conocido. Y en realidad eso también me gustó, porque el pobre

Donratón, además de ser bastante mentiroso, daba un poquito de lástima.

—Por cierto, ¿me puedes devolver mi bastón? Es un regalo de familia. Mi padre lo recibió del Rey Morh Enazo, el padre del Príncipe Rubiales, por los servicios prestados en el campo de batalla. Se lo regaló junto a esta chaqueta de terciopelo bordado, mi mayor posesión —dijo acariciando con orgullo una manga de la desgastada prenda.

La chaqueta tenía franjas verticales rojas y blancas, como las del equipo de fútbol que le gustaba a mi padre.

—¿Eres del Atleti? —le pregunté.

—¿Qué es el Atleti? Si es una hermandad de estudiosos, de filósofos o bibliotecarios estaré encantado de afiliarme con gusto, Caballero Sara.

—Bueno, algo así —contesté dudando.

No parecía saber que el Atleti era el mejor equipo de fútbol del mundo, según mi padre y el vecino del cuarto.

Le tendí la cerilla coloreada y se la guardó de nuevo entre la chaqueta y la inmensa barriga.

—Y ahora sólo nos queda esperar. Cuarenta y siete minutos más y estaremos junto al príncipe. Mira, fíjate qué vistas —dijo Donratón mirando al horizonte a través de las puertas de cristal.

El ascensor acababa de pasar al nivel dos, Mundo Verde, y de verdad que era muy, muy verde. Todo lo que alcanzaba la vista estaba cubierto de una extraña vegetación como no había visto en ningún parque de mi barrio. Había grandes árboles verdes con forma de lechugas, tomateras que se elevaban hasta el cielo, cebolletas de mil colores, coliflores gigantes con patas y picos, apios y puerros como autobuses y mil verduras más.

—A mi mujer le encantaba venir aquí de vacaciones, era muy aventurera —dijo con una chispa de tristeza en su voz.

—Es muy bonito, a mí también me gustaría poder explorarlo algún día.

—Uy, no, no. En realidad es un sitio muy peligroso. Los caminos son impracticables, está plagado de fieras salvajes y hay un volcán que está casi siempre en erupción —dijo señalando a una montaña muy lejana que expulsaba una columna de humo verde por la cima—. Por no hablar de los salvajes reducecabezas. Afortunadamente nunca me los he cruzado, pero se cuentan cosas terribles de ellos.

Estábamos muy altos sobre la selva cuando un chirrido sonó por encima de nosotros y el ascensor se paró en seco.

—¿Y ahora qué pasa? —dijo Donratón mirando hacia arriba.

Entonces, la plataforma dio un par de sacudidas fuertes y el ascensor comenzó a caer al vacío.

Capítulo 4

El ascensor caía cada vez con más velocidad y el suelo verde se acercaba rápidamente a nosotros.

—Oh, oh. Han debido de cortar el cable del ascensor. ¡Nos vamos a estrellar!

—¡Haz algo! —grité asustada—. ¡Usa tu magia!

—Sí, sí, mi magia, buena idea.

Donratón comenzó a revolver en sus bolsillos desesperadamente hasta que encontró lo que buscaba. Sacó un pequeño objeto dorado parecido a un silbato, se lo llevó a los labios y comenzó a soplar como un loco. El silbato no emitía ningún sonido, pero cada vez que Donratón soplaba, su chaqueta se iba hinchando como si fuese una pelota de playa.

Donratón hizo una pausa y me miró con sus ojos saltones.

—Toma, usa mi bastón para abrir la puerta. Pero intenta no rayarlo por favor.

Cogí la cerilla y comencé a golpear la ranura de la puerta sin preocuparme lo más mínimo por rayarlo. El suelo se acercaba rápidamente a nosotros.

—¡Date prisa! —nos dijimos el uno al otro en el mismo instante.

Diez soplidos después, la chaqueta de Donratón parecía a punto de explotar. Diez golpes de cerilla después, la puerta de cristal se rompió y pudimos sentir la fuerza del viento mientras el ascensor caía. Ya estábamos muy cerca del suelo.

—Métete aquí dentro, Caballero Sara.

La chaqueta se había estirado de forma increíble y ahora formaba una pelota que recubría por entero a Donratón. El pobre estaba en el medio sin poder moverse, con los pies y brazos estirados en una postura extraña. Justo entre los botones de la chaqueta había un hueco por el que me colé.

Pero parecía demasiado tarde, ya solo quedaban unos pocos metros para estrellarnos.

—¡Banzaiiiiiiiiiiiii! —gritó Donratón saltando por la puerta del ascensor.

Yo acompañé su grito con otro de mi propia cosecha.

—¡Iiiiiiiaaaaaaahh!

La pelota que formábamos Donratón, su chaqueta y yo, chocó contra el suelo y rebotó hasta una altura de veinte metros. Volvimos a caer y a botar muchas veces, internándonos cada vez más en la selva y alejándonos del ascensor. La pelota fue perdiendo altura con cada bote hasta que rodamos suavemente por una ladera llena de vegetación. Mientras duró ese meneo, pude ver, por momentos boca arriba y por momentos boca abajo, grandes lechugas del tamaño de una gasolinera, rábanos gigantes de formas retorcidas, alguna col de Bruselas y muchas de las frutas que comía habitualmente, plátanos, kiwis, manzanas, sandías...

Finalmente, chocamos contra una piña inmensa y nos quedamos parados.

—Oh, oh. Qué mareo, qué mareo —dijo Donratón con el gesto descompuesto.

La chaqueta comenzó a desinflarse hasta volver a su forma normal. Pero estaba llena de polvo y barro, y aparecía rasgada en varios sitios.

—¡Mi pobre chaqueta! Qué diría mi abuelo si la viese así.

—No te preocupes. Lo has hecho muy bien y gracias a ella nos hemos salvado —dije tratando de consolarle.

Al mirar alrededor vi en la lejanía unas nubecitas de humo gris que se elevaban hacia el cielo lentamente.

—¿Qué son esas nubes? —pregunté.

—Oh, oh. No son nubes, son señales de humo. Las utilizan los salvajes reducecabezas para transmitirse mensajes entre ellos. ¿Quién sabe de qué estarán hablando ahora? Y encima estamos perdidos en medio de la selva y el ascensor está estropeado.

—¿No hay otra forma de subir?

—Bueno, en realidad sí, pero es tan peligrosa que nadie la ha utilizado en años. Se trata de la escalera naranja, al otro lado de la selva. Para llegar a ella hay que atravesar el territorio de los temibles reducecabezas —dijo en un susurro.

—¿Por qué se llama así esa escalera?

—Aunque soy bibliotecario real y una de las personas más

sabias de MundoVera, tengo que reconocer que se sabe muy poco de la escalera. Tal vez esté construida con cáscaras de naranja. Por aquí tengo algo que nos ayudará a encontrarla —dijo mientras sacaba un mapa viejísimo de uno de sus muchos bolsillos.

—Pues en marcha —contesté decidida. Tenía que volver rápidamente a casa. Aunque me estaba divirtiendo mucho, no quería preocupar a mis padres.

Un rugido amenazador resonó en la selva, no muy lejos de donde nos encontrábamos.

—¿Qué ha sido eso? —pregunté.

—Parece un calabaleón. Será mejor que nos alejemos —anunció Donratón.

—¿Y eso qué es?

—Es un animal muy fiero. Tiene cabeza de calabaza, cuerpo de león y unos dientes muy afilados.

Así que nos pusimos en marcha camino a la escalera naranja siguiendo las indicaciones del mapa. Pero al cabo de media hora de bucear entre los árboles, regresamos al lugar de partida; la misma piña gigante, con restos de la chaqueta de Donratón sobre sus hojas.

—Este mapa está mal —exclamó enojado Donratón.

Entonces el mismo rugido de antes sonó a nuestras espaldas, esta vez muy cerca. Unos arbustos bajos se movieron a solo unos metros y una gran calabaza con dos ojos fieros asomó por encima.

—Oh, oh. Es un calabaleón, estamos perdidos.

La fiera abrió la boca, mostrando dos hileras de dientes de ajo muy afilados y volvió a rugir. Una oleada caliente de olor a ajo nos llegó mientras el calabaleón terminaba de salir de la maleza. Tenía el cuerpo de un león grande, con cuatro patas acabadas en afiladas garras y la cola fina, con una mata de pelo al final.

El calabaleón se nos echó encima de un salto y atrapó a Donratón bajo su garra. El olor a ajo era insoportable, y eso me hizo recordar algo que decía mi abuela. Miré a mi alrededor y descubrí muy cerca lo que necesitaba.

—¡Socorro! —gritó Donratón.

Los movimientos que hacía el bibliotecario para escapar parecían estar haciéndole cosquillas al calabaleón, que no paraba de reír. Eso me dio algo de tiempo. Me acerqué a un limonero gigante y arranqué un limón del tamaño de un balón de fútbol. Pero hice demasiado ruido y el calabaleón se giró en mi dirección y me miró fijamente. Entonces se lanzó a la carrera a por mí, enseñando sus dientes y rugiendo. La peste a ajo casi me hizo caer, pero conseguí resistir. Solo tenía unos segundos, así que puse el limón en el suelo como si fuese a lanzar un penalti, apunté y chuté con todas mis fuerzas.

El limón salió despedido con efecto y se estrelló directamente en la cabeza del calabaleón. El limón explotó, y el zumo y la pulpa cubrieron la cabeza del animal, que empezó a chillar y correr como un loco. Aún oímos sus rugidos enloquecidos durante varios minutos mientras huía. Al final nos habíamos librado del temible calabaleón con un sencillo truco de cocina de los que usaba mi abuela Maribel.

—El limón es lo mejor que hay contra el ajo —le aconsejaba siempre a mi madre. Y la verdad es que la abuela tenía razón, el limón era lo mejor contra el ajo y contra los calabaleones.

Donratón, algo más tranquilo después del susto, estuvo estudiando el mapa una media hora.

—¡Ya sé dónde estamos! ¡Es por allí! —exclamó excitado.

Aunque no me fiaba demasiado, decidí no decir nada, a lo mejor teníamos suerte y Donratón de verdad sabía dónde estábamos. Nos internamos de nuevo en la selva subiendo una pendiente que cada vez se hacía más empinada. Por todas partes crecían altísimas palmeras y cactus. El suelo estaba lleno de cocos enormes del tamaño de un yate marbellí. Al rato noté que el suelo se ponía más y más caliente mientras subíamos hacia arriba.

—Es por aquí, es por aquí —repitió Donratón por enésima vez mientras anotaba garabatos en el mapa.

Poco después llegamos a un claro en el bosque y pudimos ver lo que nos aguardaba delante. Nos quedamos los dos con la boca abierta. La cuesta que estábamos subiendo no era otra cosa que la ladera del volcán de MundoVerde. Y estaba justo en la otra punta del mapa, muy alejado de la escalera naranja.

—Bueno, al menos no está en erupción —dijo Donratón a modo de disculpa.

De repente la tierra tembló, nos tiró al suelo, y una explosión terrible sonó sobre nuestras cabezas.

—Ahora sí lo está —dijo Donratón temblando.

Capítulo 5

El volcán comenzó a escupir humo verde. Un montón de piedras, también verdes, salieron despedidas de su boca en todas direcciones. Un río de lava —¿adivináis de qué color? Pues sí, verde— comenzó a bajar a toda velocidad en nuestra dirección.

—¡Corre! —chilló Donratón mientras bajaba a trompicones por la empinada pendiente.

Echamos a correr como locos, pero la lava verde bajaba más rápido que el autobús de línea de Carabanchel. No había escapatoria posible porque la lava formaba un río muy ancho que abarcaba tres estadios de fútbol y dos pistas de tenis. El volcán eructó un chorro de lava verde que cayó delante de nosotros, salpicándome el pijama y la cara. El líquido estaba bastante caliente, pero no abrasaba, y tenía un aroma muy familiar.

«Ummmhh. No podía ser, parecía ser…».

Decidí probarlo y salir de dudas.

—Es puré de espinacas —dije confirmando mis sospechas.

—Sí, y del más sabroso —confirmó Donratón—. Está hecho con verduras frescas y un toque de pimienta, pero nos ahogará si no encontramos un sitio donde protegernos.

No había nada que pudiese servirnos de refugio. Los cocos esparcidos por el suelo eran muy grandes, pero si intentabas subir, echaban a rodar por la pendiente. Entonces, un poco más abajo, vi un coco que estaba partido por la mitad y se me ocurrió una idea.

—¡Por aquí! —grité.

Llegamos al coco con la lava pisándonos los talones. La gran ola verde nos iba a tragar en cualquier momento.

—Vamos, sube al coco.

—No puedo, estoy muy gordo.

Y era cierto, Donratón pesaba un montón, pero le empujé como pude y consiguió escalar hasta la parte superior. Oí cómo caía rodando al interior del coco y soltaba un «¡Ay!».

Ahora era mi turno. Intenté escalar el coco, pero estaba demasiado alto y me encontraba muy cansada por el esfuerzo. La marea de espinacas estaba a punto de arrastrarme.

—¡Caballero Sara, agárrate aquí!

Donratón había logrado escalar por la parte interior del coco y me tendía su cerilla mágica, pero era demasiado corta.

—¡No llego! —grité.

—¡Aláaargaaate! —ordenó Donratón.

La cerilla comenzó a estirarse y unas pequeñas manitas surgieron del fósforo y me agarraron por las muñecas.

—¡Acóoortaaate! —dijo de nuevo.

La cerilla comenzó a hacerse más pequeña, impulsándome hacia arriba. Las espinacas nos alcanzaron en ese momento, manchándome todo el pijama, pero la cerilla me sujetó con fuerza y conseguí subir.

El río arrastró el coco cuesta abajo como si fuera un pequeño barco. Íbamos tan rápido que en poco tiempo llegamos a la piña gigante donde nos atacó el calabaleón y la dejamos atrás. La fuerza del río siguió arrastrándonos a través de la selva durante varias horas sin que pudiésemos hacer nada.

Entonces, escuchamos un rugido muy fuerte delante de nosotros. No podía ser, el río desaparecía de repente y se precipitaba por una ladera formando una catarata gigante.

—Oh, oh. Nos vamos a caer —dijo Donratón muy asustado.

—Estamos cerca de una orilla, podemos saltar.

—No me atrevo, no sé nadar —contestó temblando.

Como voy a clases de natación desde muy pequeña, podría cruzar el río sin problemas. Pero no podía abandonar a Donratón, así que me agarré lo mejor que pude y esperé. Donratón estaba tumbado en el fondo del coco, con los ojos cerrados y las manos cubriéndose la cabeza.

El coco comenzó a caer y nos encontramos volando entre una capa de nubes y puré de espinacas. No se veía nada, pero el estruendo a nuestro alrededor era terrible. Al salir de las nubes, una luz naranja llamó mi atención en el horizonte, pero no pude ver mucho más. Seguimos cayendo y teníamos el fondo cada vez más cerca. Nos íbamos a estrellar.

—Esto es el fin, voy a acabar convertido en un tropezón dentro de un puré de espinacas.

Yo pensaba igual mientras veía acercarse el fondo, pero en el último instante, comenzamos a perder velocidad. Un metro antes de llegar al suelo, el coco se paró, y quedó atrapado en la catarata.

Era increíble, pero el puré se había ido enfriando poco a poco con la caída, haciéndose cada vez más sólido. Nos habíamos salvado por un pelo.

Salimos del coco y atravesamos la capa de costra verde formada por el puré hasta alcanzar la orilla. Una luz anaranjada iluminaba aquella zona de la selva, haciendo que todo pareciese un poco más naranja.

—Hemos tenido mucha suerte —dijo Donratón tras consultar el mapa—. El río de puré nos ha arrastrado en dirección a la escalera naranja, y además hemos dejado atrás el territorio de los salvajes reducecabezas.

—No estoy muy segura de eso.

—Claro que sí, ¿no ves la luz naranja? Viene de la escalera naranja.

—Me refiero a lo otro, a lo de los salvajes.

—De eso también estoy seguro. Según el mapa, su territorio acaba arriba, en el límite de la catarata, nunca bajan hasta aquí —dijo Donratón con aire de sabiondo.

Una flecha cruzó el aire entre nuestras narices y se clavó con fuerza en un árbol cercano a solo unos centímetros del moflete derecho de Donratón.

—Oh, oh.

Capítulo 6

Un grupo de salvajes vestidos con taparrabos se acercaron corriendo hacia nosotros desde el otro lado del río. Llevaban arcos de madera y lanzas afiladas, pero lo más extraño es que tenían un champiñón en lugar de cabeza.

—No hay salvajes a este lado de la catarata —repitió Donratón como si así pudiese hacerlos desaparecer.

—¿Y estos quiénes son? ¿Sus primos? ¡Corre! —grité.

Pero no había escapatoria. Los salvajes nos rodearon y nos apuntaron con sus lanzas y flechas. Todos llevaban una pequeña raqueta y una bolita peluda colgando del cinturón. Eran claramente raquetas y pelotas de *ping-pong,* aunque las pelotas... ¡parecían pequeñas cabezas! Estábamos en manos de los salvajes reducecabezas, no había duda.

Uno de ellos se acercó a nosotros y comenzó a tocarnos la cabeza.

—Oh, oh —dijo Donratón sudando.

El salvaje portaba una corona de flores sobre su cabeza de champiñón y parecía ser el jefe.

—Ser perfecto, del gordito aprovechar todo —dijo el jefe.

—¿Perfecto para qué? —preguntó Donratón asustado.

—Para hacer cocido salvaje y pelotas *ping-pong*. Siempre que encontrar extranjeros nosotros comer a uno. Al otro, dejar libre para hacer turismo, nuestra tierra ser muy bonita... y mi mujer tener una agencia de viajes —dijo alegre el salvaje mostrando una hilera de dientes afilados.

—No, no, yo soy muy viejo y mi carne es dura. En cambio, el Caballero Sara Rubio es más jovencito y tierno, y dará buen caldo —aseguró Donratón señalándome.

Le miré muy enfadada. Donratón no era muy valiente, pero aquello ya era demasiado. Entonces se me ocurrió una idea.

—Espera, jefe —le dije al salvaje—. Soy la campeona de *ping-pong* del Colegio Gredos. Te reto a un partido.

El salvaje me miró un momento y comenzó a reírse a carcajadas. Todos los demás le imitaron y se rieron con fuerza.

—¿Tú ganar a mí? Eso ser imposible, chica cabezona. Si tú ganar, yo comer mi raqueta de *ping-pong* sin sal ni pimienta. Si yo ganar, comer a los dos —dijo el salvaje relamiéndose.

—De acuerdo, pero si gano yo, nos dejarás libres a los dos y nos llevaréis hasta la escalera naranja.

—De acuerdo. ¡A jugar! —gritó.

—No, no. Ese trato es muy arriesgado —dijo Donratón sudando a mares, pero nadie le hizo caso.

Los salvajes montaron una mesa de *ping-pong* con un tablero y una red de madera, y formaron un círculo a nuestro alrededor. Un anciano vestido con muchos collares hacía de árbitro. A un silbido suyo el partido dio comienzo.

—Ser ganador quien llegar a once puntos —dijo con voz de champiñón añejo.

Comenzó el partido y pronto me di cuenta de que mi oponente era muy bueno. Era mejor que César García, el niño de tercer curso al que gané en la final del cole. Cada punto era muy largo y disputado, y llegamos a un empate a diez entre los gritos del público. Al principio solo habían animado a su jefe, pero poco a poco surgieron algunas voces que coreaban mi nombre.

Estaba muy nerviosa. Quien ganase aquella bola, ganaría el partido.

—Niña jugar muy bien, pero aún no haber visto mi truco secreto —dijo el jefe con cara de malo.

Le tocaba sacar a él y lanzó la pelota hacia arriba, muy alta, tanto que la perdí de vista entre los árboles. Al jefe le dio tiempo a comerse un *sándwich* de cangrejo mientras la pelota volaba por los aires. Cuando cayó del cielo iba muy rápida y el jefe la golpeó con mucho efecto. La pelota hizo un giro muy extraño, y al tocar mi lado de la mesa botó hacia el lado contrario. En el último momento, conseguí meter la punta de la raqueta y devolví la pelota al otro lado como pude.

El jefe, que no esperaba mi respuesta, ya se estaba colocando la servilleta en el collar. Aún así consiguió reaccionar y responder mi golpe, pero dejó la bola muy fácil y alta. Me lancé a por ella, dispuesta a rematarla. Mi rival, previendo un golpe fuerte, se fue

hacia atrás para defenderse. En vez de eso, rocé la pelota por debajo y la dejé muerta junto a la red. Pero el jefe era muy rápido y se
lanzó hacia delante de un salto, golpeando la pelota tan fuerte que
no pude hacer nada más que verla pasar a mi lado.

—¡Yo ganar! —gritó el jefe.

—Un momento, jefe esperar —dijo el viejo árbitro—. La pelota dar dos botes antes que tú golpear.

La cara del jefe pasó de ser la de un champiñón a la de una
pepinillo agrio. Se puso muy verde y una espuma amarilla comenzó a salirle por la boca.

Los salvajes comenzaron a aplaudir y uno de ellos me subió a
hombros. Había ganado por los pelos.

Después nos llevaron al poblado y nos dieron de comer. ¿A
que no sabéis qué? Puré de espinacas, lasaña de espinacas, y de
postre, pastel de espinacas.

Luego, la mujer del jefe, que efectivamente tenía una agencia
de viajes, nos preparó el recorrido hasta la escalera naranja y nos
acompañó. Era muy simpática. Viajamos en elefante durante varias
horas hasta el extremo de la selva, mientras la luz se iba haciendo
cada vez más naranja.

—Ya estar cerca —dijo la mujer del jefe.

De repente, los árboles desaparecieron y pudimos ver delante
de nosotros la escalera naranja en todo su esplendor. Pero de escalera tenía muy poco. En realidad, se trataba de una zanahoria inmensa de color naranja fosforito, que subía hacia arriba formando
una espiral muy empinada. Llegamos hasta la base de la hortaliza y

nos subimos a ella.

—¿Y cómo vamos a escalar por ahí? —preguntó Donratón.

—Vosotros usar esto —dijo la salvaje sacando dos pares de zapatos de una bolsa.

El calzado tenía una suela muy extraña en forma de boca, y cuando me lo puse, noté que se movía solo bajo mis pies. Las bocas mordían el suelo con unos dientecillos afilados y se agarraban a él como si tuvieran pegamento.

—Con esto poder subir las paredes más empinadas, siempre que ser de comida, claro. Buen viaje y gracias por ganar a marido. Bajarle los humos… aunque quedarnos sin cena —dijo pellizcándole los mofletes a Donratón.

Nos despedimos de los salvajes y comenzamos a subir por la zanahoria. No había ni un solo escalón, pero era como una escalera inmensa y muy empinada que subía en espiral hacia el cielo. Las zapatillas mordedoras nos ayudaban mucho, pero la marcha se hacía muy cansada y Donratón no paraba de quejarse.

—¡Quién me mandó meterme en algo así, si solo soy un pobre bibliotecario!

Yo estaba bastante cabreada con él y no tenía ganas de animarle. Le había dicho a los salvajes que me comieran a mí en vez de a él, y luego, después del partido, ni siquiera me había dado las gracias por salvarle.

Seguimos subiendo durante una hora hasta que la cuesta se fue haciendo menos empinada. La escalera de zanahoria acababa en un arco dorado y azul, que daba acceso a la siguiente planta. Al cruzar el arco, nos encontramos de lleno en el Mundo Azul. Por todas partes se veían cajas de cartón con una forma muy curiosa.

—Son cartones de huevos —explicó Donratón al ver mi cara de curiosidad.

—Menudas tortillas de patata deben salir de ahí —dije.

Donratón no me hizo caso. Estaba sentado frotándose los pies. Sus calcetines tenían tantos agujeros como un queso de gruyer y olían incluso peor.

—Uff, qué alivio, esta zona es mucho más civilizada y tranquila. Ahora tenemos que llegar a la rampa de acceso. Es una entrada secreta desde esta planta al Castillo de Siempre Fresco —dijo Donratón.

—Eso no va a ser posible —dijo una voz metálica y desconocida—. El Duque de Roquefort tiene otros planes para vosotros.

Me di la vuelta y me quedé alucinada ante lo que veían mis ojos.

Capítulo 7

Un huevo de gallina, sostenido por dos cortas patitas, salió de detrás de un caja, acompañado de sus once compañeros. La docena de huevos avanzó hacia nosotros apuntándonos con unas escopetas de forma extraña.

—¿Vosotros también? ¡Pero si erais parte de la guardia real! —dijo Donratón atónito.

—El Duque de Roquefort es un hombre muy convincente y nos hizo una gran oferta. Nunca más acabaremos escalfados o pasados por agua —contestó uno de los huevos.

Los soldados nos ataron las manos a la espalda y nos condujeron por un camino cubierto de baldosas azules.

—¿Qué vais a hacer con nosotros? —pregunté.

—Tenemos orden de llevaros al MFC.

Donratón comenzó a temblar al escuchar ese nombre, pero yo no tenía ni idea de a qué se estaba refiriendo.

—¿Qué es el MFC? —pregunté por lo bajo a Donratón.

—Es el Monstruo de la Fecha de Caducidad —contestó aún temblando—. Vive dentro de un laberinto en el Mundo Azul y es el monstruo más despiadado de todo MundoVera. Nadie ha sobrevivido nunca a un encuentro con él.

—Podemos intentar atacar a los guardias, parecen muy debiluchos —le dije en voz baja.

Los huevos no parecían demasiado fuertes y tenía la seguridad de que con un pequeño empujón sus cáscaras se romperían.

—No, por favor, ni lo intentes. Las armas que llevan son lanzallamas de yemas. Si te disparan con ellas te convertirás inmediatamente en una estatua de mazapán flambeado al huevo.

La idea de convertirme en un bollito navideño no me agradó, así que decidí esperar a un momento mejor.

Continuamos avanzando por el nivel azul, rodeados de paquetes de salchichas y embutidos de todo tipo. Caminábamos por el extremo del nivel y, si miraba hacia arriba, se podía ver la planta superior, el famoso cuarto nivel, donde se encontraba el Castillo de Siempre Fresco.

Media hora más tarde llegamos ante dos botes de pepinillos que marcaban la entrada al laberinto. Justo en ese punto se veía una sombra alargada que venía de la planta superior. La sombra procedía de un cable muy grande que se movía hacia los lados. Al fijarme atentamente me di cuenta de lo que era.

¡Se trataba de un espagueti!

Colgaba del plato que no me había acabado en la comida del día anterior. Mi madre lo había guardado en la nevera, en la parte de arriba. Entonces se me ocurrió una idea y se la susurré a Donratón al oído. Casi se cae de espaldas al escucharla.

—No sé si podré, no sé si podré —repitió entre dientes.

Uno de los guardias se acercó a nosotros y nos apuntó con su lanzallamas de yemas.

—Vamos, entrad al laberinto, no tenemos todo el día —dijo.

—Ahora —le dije en voz baja a Donratón.

Entonces me quité las botas y se las lancé a los dos guardias que tenía más cerca. Mis botas mordedoras se aferraron a ellos y comenzaron a roerles con fuerza. Un guardia que se encontraba algo más atrás me disparó, pero me agaché, y su disparo le dio de lleno a otro guardia, que se convirtió en una estatua dulce. Con los guardias disparándonos, corrimos hacia el espagueti colgante y Donratón sacó su cerilla mágica.

—¡Aláaargaaate! —gritó apuntando hacia el espagueti.

Poco a poco este se fue alargando hacia nosotros hasta que lo tuvimos muy cerca. Pero los guardias seguían disparando y solo su mala puntería nos salvó. Los dos nos agarramos al espagueti, aunque estaba muy resbaladizo por la salsa boloñesa. Donratón le dio otra orden a su bastón mágico.

—¡Acóoortaaate!

Y el espagueti comenzó a subir hacia arriba, alejándonos de los guardias huevo.

—¡Disparad, muchachos, disparad!

Desde abajo, los guardias nos lanzaban sus llamas de yemas, que nos pasaban rozando. Uno de los disparos dio sobre el espagueti, a unos metros por encima de nuestras cabezas. El espagueti se convirtió en un tubo de mazapán frágil que amenazaba con romperse en cualquier momento. Estábamos a mitad de camino, no podríamos llegar al cuarto nivel. Entonces miré hacia un lado y vi la salvación.

—Tenemos que balancearnos hacia allí —le dije a Donratón señalando en dirección a la puerta de la nevera.

—¡Pero entonces nos caeremos!

—Confía en mí. Además, si no lo hacemos, nos vamos a caer igualmente.

Mi respuesta no fue un gran consuelo para el bibliotecario, pero al menos intentó ayudarme. Abajo, los huevos se reían de nosotros, anticipando la caída. El espagueti se estaba resquebrajando.

—¿Sabéis volar, pajaritos? —dijo uno de los guardias.

—Os apuesto tres coronas de clara a que el gordito cae primero —le contestó un compañero.

En ese momento el espagueti se rompió y comenzamos a caer. Pero gracias a los balanceos, nos habíamos acercado mucho a la puerta de la nevera y conseguimos agarrarnos a una de las baldas. Abajo, los vítores y las risas se tornaron en gritos de rabia, y los soldados volvieron a atacarnos con sus lanzallamas de yemas.

Nuestra situación no había mejorado mucho. La balda de la estantería estaba muy resbaladiza y era difícil de escalar. Además, sus descargas nos pasaban rozando y en cualquier momento nos convertirían en mazapán flambeado.

Entonces todo comenzó a temblar como si hubiera un gran terremoto. Los soldados huevo cayeron al suelo y dejaron de disparar, incluso a uno se le rompió la cáscara. Donratón y yo nos agarramos con fuerza, pero todo se movía tanto que caímos a la balda inferior, donde se guardaban los refrescos y la leche.

—¿Qué está pasando? —pregunté asustada.

—Es la puerta entre los dos mundos, se está abriendo —contestó Donratón.

Una luz muy brillante lo inundó todo. Una sombra enorme apareció y se fue acercando poco a poco hacia nosotros. Era una cabeza gigantesca, rodeada de una mata de pelo largo, y con una perilla de chivo.

¡Era la cabeza de mi padre!

—¡Papá, papá! —grité.

Pero no me oía. Tenía cara de sueño y miraba embobado el estante de la nevera donde nos encontrábamos. Mi padre alargó una mano gigante en nuestra dirección.

—¡Cuidado, nos va aplastar! —dijo Donratón escondiéndose detrás de un cartón de leche.

Entonces recordé que mi padre se levantaba algunas noches y se acercaba a la nevera a tomar su tentempié favorito.

—¡No, ahí no! —le chillé a Donratón—. Vamos detrás de la botella de gaseosa.

La mano gigante avanzaba. Si me había equivocado, nos aplastaría. Pero en el último momento cambió de dirección y cogió el cartón de leche del estante, justo a nuestro lado. Mi padre se llevó el cartón a la boca, dio un largo trago y lo dejó de nuevo sobre el estante.

—¡Oye, a mí siempre me regañas si no uso un vaso! —le grité.

Pero no me escuchó y cerró la puerta de la nevera. De nuevo se produjo otro terremoto, pero esta vez estábamos bien situados en la balda. La botella de gaseosa se agitó a nuestro lado y las burbujitas subieron hacia arriba.

—Ahora sí que la hemos hecho buena. No se puede subir desde la puerta de la nevera al Castillo de Siempre Fresco —dijo Donratón.

—Bueno, tal vez haya una manera —contesté mirando a la botella de gaseosa. Las burbujas me habían dado una idea.

Capítulo 8

Al ver la gaseosa se me ocurrió una idea que podría funcionar. Se la expliqué a Donratón, y aunque no le convenció mucho, no se negó. Tenía que utilizar su bastón mágico de una forma un poco especial.

Escalamos la botella ayudándonos del par de botas mordedoras que nos quedaban y les dimos las gracias. Las pobres botas se habían mellado los dientes con el cristal de la botella, pero estaban contentas de colaborar en la causa del Príncipe Rubiales.

Luego nos colocamos bien sujetos al tapón de la gaseosa. Estábamos listos.

—Ahora —dije.

—¡Agíiitaaate! —gritó Donratón. La botella comenzó a moverse y a agitarse, y pronto las burbujas de gaseosa comenzaron a ascender, presionando el tapón.

—Un poco más —le animé.

El sudor empapaba la frente de Donratón, que seguía muy concentrado en su hechizo.

—¡Agíiitaaate mogooollooón! —dijo en un último esfuerzo.

Y dio resultado. Las burbujas hervían en la botella y sentimos una vibración muy fuerte bajo nuestros pies. El tapón comenzó a moverse y, de pronto, despegó con tal fuerza que salió volando hacia arriba como si fuera un cohete. Pasamos por encima del Mundo Verde a toda velocidad y llegamos al Mundo Azul. Lo dejamos atrás enseguida y finalmente alcanzamos el Mundo Rojo, la planta superior.

El tapón cruzó el último nivel surcando el cielo y pude contemplar por primera vez el Castillo de Siempre Fresco. Se elevaba tras uno de los Montes Embutidos —el que tenía forma de chóped— y contaba con muchas torres y almenas blancas que se alzaban hacia el cielo azul.

Pero el tapón tenía tanta fuerza que pasamos por encima del castillo y lo dejamos atrás. Al sobrevolarlo vimos a un grupo de obreros que estaban haciendo un agujero muy grande en medio del patio. Era tan profundo que comunicaba con el nivel azul.

—¿Para qué estarán haciendo ese agujero? —preguntó Donratón extrañado.

—No lo sé, a lo mejor forma parte de la defensa contra el duque —sugerí.

Donratón movió la cabeza poco satisfecho con mi explicación y seguimos nuestro vuelo.

—Me parece que vamos a caer en los pantanos de Yoguria —dijo Donratón mirando el mapa con preocupación.

El tapón fue perdiendo velocidad y comenzó a caer. El suelo a nuestros pies parecía una inmensa pradera blanca, salpicada de granitos de colores.

—¡Agárrate fuerte, nos vamos a estrellar! —grité.

¡Choff!

Pero la caída fue cualquier cosa menos dura. El suelo blanco era muy blandito, en realidad, era un líquido espeso que sabía a yogur.

—¡Bienvenido a los pantanos de Yoguria! —dijo Donratón con una sonrisa de oreja a oreja—. Prueba, prueba, es un yogur delicioso.

Probé un sorbito y me quedé alucinada, era el mejor yogur que había probado en mi vida. Sabía a todas las frutas a la vez y estaba muy suave.

—Aquellas montañas de allí son los Montes Embutidos. Justo detrás está el Castillo de Siempre Fresco. Si nos damos prisa llegaremos para el almuerzo y el príncipe me recibirá como a un héroe —dijo Donratón con los ojos brillantes por la emoción.

No supe si estaba más contento por el almuerzo o por el futuro recibimiento.

Atravesamos el pantano brincando entre los pequeños círculos de colores, que eran en realidad trocitos de fruta esparcidos en un mar de yogur. De vez en cuando probaba un sorbo en nuevas zonas, y cada vez sabía de una forma distinta, aunque siempre igual de rico.

Al poco tiempo llegamos al límite del pantano, y entonces escuchamos unos pasos y una charla. Alguien se acercaba en nuestra dirección. Las voces venían de detrás de un muro de piedra, que era el único camino al castillo.

—Estoy harto de patrullar todo el día, jefazo —dijo una voz de chico.

—Es verdad, jefazo. Antes, cuando mandaba el príncipe, nos pasábamos todo el día jugando —añadió otra voz, esta vez de chica.

—Dejad de quejaros de una vez. Ahora manda el Duque de Roquefort y haremos lo que nos ordene —dijo una tercera voz con autoridad. Debía de ser la voz del jefazo.

—Además han arreglado el ascensor para que Podridín, el sobrino del duque, esté aquí para la coronación de su tío. Y ese joven sí que tiene mala uva —dijo la chica.

—Sí, sobre todo desde que los intrusos de MundoReal se le escaparon. Está que trina —añadió el chico.

Se trataba de una patrulla de la guardia real que se aproximaba a nosotros. Al parecer, el duque había tomado el control del castillo y había apresado al príncipe. Las voces se acercaban cada vez más y no teníamos dónde escondernos. A nuestra espalda se extendían las blancas llanuras de yogur, y delante solo había una piedra no muy grande donde no nos podríamos ocultar. En cuanto la patrulla saliese del muro, nos encontraría de frente. Las voces se oían cada vez más cerca.

¡Nos iban a atrapar!

Capítulo 9

—A mí no me parece bien lo que le van a hacer al príncipe, es un buen chico —dijo la voz femenina.

—¡Ja, ja, ja! El Príncipe Rubiales pronto se verá las caras con el Monstruo FC, a ver qué hace ahora ese guaperas cuando le tiren por el agujero —dijo de nuevo la voz rabiosa del jefazo.

—¡Callad! He oído algo al otro lado del muro —dijo el chico joven.

Los tres guardias salieron del muro con las espadas preparadas. Pero no vieron nada más que la enorme extensión blanca de los pantanos de Yoguria.

—Siempre estás igual, oyendo voces donde no las hay para hacerte el importante —dijo la chica.

—No es cierto, oí voces por aquí cerca.

—Pues ya lo ves, aquí no hay nadie. Ale, vámonos al castillo, que ya es la hora del almuerzo —dijo el jefazo.

El guardia más joven se quedó unos instantes rabiando. Cogió una fresa del pantano y se la llevó a la boca. Cogió una segunda fresa y tiró con fuerza, pero estaba muy bien enterrada y no cedía.

—¡Ay!

—¿Qué ha sido eso? —dijo el guardia —. ¿No lo habéis oído?

Sus compañeros se dieron la vuelta y le miraron con cara de pocos amigos.

—Déjate otra vez de historias, que queremos ver la ejecución —contestó el jefazo furioso.

El guardia joven se fue refunfuñando para sus adentros. Estaba tan seguro de haber oído un «Ay» como de que le encantaban las fresas con nata.

Y esta vez no se había imaginado nada, tenía toda la razón. El guardia nos oyó mientras nos enterrábamos como podíamos entre el yogur y a punto estuvo de sorprendernos. Y después, el «Ay» que escuchó fue el gritito que dio Donratón cuando el guardia agarró la fresa, que en realidad era la nariz del pobre bibliotecario. La había dejado fuera del yogur para poder respirar, y como era roja y gorda, el guardia la había confundido con una fresa.

Cuando los guardias se fueron, nos quitamos el yogur lo mejor que pudimos y nos sentamos a hablar. La situación había cambiado mucho y nos sabíamos bien qué hacer.

—¿Pero cómo es posible? El Duque de Roquefort se va a coronar rey. Tiene al príncipe prisionero y le va a lanzar al Monstruo de la Fecha de Caducidad —dijo Don Ratón cariacontecido.

—Para eso era el agujero que estaban haciendo en el medio del castillo. Tenemos que impedirlo —dije decidida.

—¿Pero cómo? El príncipe estará encerrado en las mazmorras.

—Pues tendremos que colarnos dentro. Tengo una idea, pero necesitaré tus calcetines —respondí.

—¿Mis calcetines?

Media hora más tarde, una figura alta, embutida en una manta roja, se presentaba delante de las puertas del Castillo de Siempre Fresco.

—¡Agbrid! —dijo la figura tosiendo—. Soy Podridín, ed sobrgino der Duque de Roquefol.

—¿Cuál es la contraseña? —dijo un soldado desde la muralla, extrañado ante aquella forma tan rara de hablar.

El sobrino del duque volvió a toser y dijo algo que sonó como esto:

—Nagiricocos. —Y volvió a toser.

—¿Cómo? —preguntó el soldado.

—Cuagarilocos —dijo Podridín tosiendo de nuevo.

—Esa no es la contraseña, noble señor. No puedo dejaros pasar.

—¿Pedo jé esdas didiendo? No ves que egstoy congstipabo y no dablo mien.

El soldado estaba asustado. Aquel chico se parecía mucho al sobrino del príncipe, pero no había dicho bien la contraseña. Ni de lejos. Pero claro, Podridín no era muy listo y tal vez se le hubiese olvidado. Por otro lado, el joven tenía muy mal humor, y era capaz de mandarle al Monstruo FC si le retrasaba.

—¿Qué hago? —le preguntó asustado a otro compañero.

—Yo le abriría. ¿No hueles la peste a queso podrido que va echando? Solo los Roquefort huelen así.

—Eso es verdad.

La puerta se abrió y el soldado murmuró unas disculpas.

—¿Dongde está encgerrado el pidincipe? —preguntó Podridín.

—Está en la mazmorra del castillo, en la celda doscientos once —contestó el soldado, con una mano en la nariz. Podridín olía muchísimo peor que su propio tío. Sin duda, sería un gran heredero de la Casa Roquefort.

Podridín entró en el castillo y pidió a otro soldado que le bajase al sótano y le condujese a la celda doscientos once. De camino hacia allí, se paró unos instantes delante del agujero del patio. Al fondo, muy abajo, se podía ver el laberinto donde vivía el Monstruo FC.

A una palabra de Podridín, todos obedecían sus órdenes con una reverencia cortés y luego se alejaban tan rápido como podían de su apestosa presencia.

Así entró en el castillo y atravesó un laberinto de pasadizos subterráneos, hasta llegar a la celda del Príncipe Rubiales. El soldado abrió la puerta con la nariz tapada.

—Puegdes irte. Quiedgo hablagd con el príndcipe a solas.

El soldado se fue corriendo a toda pastilla y Podridín se quedó solo con el antiguo monarca. El príncipe estaba sentado en el suelo con las manos atadas a la pared. Entonces Podridín sacó un pequeño cuchillo y se acercó al príncipe con mirada asesina.

Capítulo 10

—¿Has venido a burlarte de mí? No te tengo miedo —dijo el príncipe con voz firme al ver entrar a Podridín.

Este se acercó con el cuchillo en alto dispuesto a atacar. Pero un paso antes de llegar al príncipe, cayó al suelo y se partió por la mitad.

—¿Pero qué es esto? —preguntó el príncipe asombrado.

Bueno, supongo que algunos imagináis lo que había pasado, ¿no?

Pues sí, Podridín no era en realidad Podridín. Yo me había subido a los hombros de Donratón y nos habíamos echado una capa roja por encima, como la que vestía Podridín. Además, para que no reconociesen mi voz, me había puesto una cáscara de naranja en la boca y fingía estar resfriada.

Y lo más importante, le había pedido a Donratón que se quitase los zapatos y me dejase los calcetines. Aguantando la peste, los coloqué sobresaliendo de los bolsillos de la capa. Olían muchísimo peor que un queso podrido y así pusimos la guinda final a nuestro disfraz.

—Hola, Rubiales —le dije presentándome—. Soy Sara Rubio y vengo de MundoReal para ayudarte.

Donratón me miró incómodo ante mi falta de protocolo, pero al príncipe no pareció molestarle. La verdad era que, además de ser muy rubio, también era muy guapo.

—¿Cómo? ¿Sois un caballero de MundoReal? —preguntó el príncipe asombrado.

—No, soy solo una niña —respondí harta de tanto rollo.

—No, no. No es cierto, mi príncipe. En realidad, es un caballero de MundoReal, uno de los más famosos —dijo Donratón mientras salía de debajo de la capa.

—Bueno, eso da igual —dije cansada—. He venido a ayudarte, así que vamos, haz el hechizo de una vez.

—No da igual. Necesito el valor de un caballero de MundoReal, y también necesito la luz del día. Aquí no podemos hacerlo —dijo Rubiales.

—Pues vámonos —dije cortando las ligaduras del príncipe.

En ese momento sonó una alarma en la prisión. ¡Nos habían descubierto!

—¡Seguidme! Tenemos que llegar a la plaza del castillo —dijo el príncipe mientras echaba a correr por los pasillos.

—Esperadme, señor, vais muy rápido —se quejó Donratón detrás de nosotros.

Ascendimos a través de los pasadizos, escuchando el ruido de los soldados cada vez más cerca.

—¡Ánimo, continuad! Ya queda muy poco —dijo el príncipe.

Entonces, tres guardias huevos aparecieron delante de nosotros y nos cortaron el paso. Eran el jefazo y los otros dos soldados que nos encontramos en las llanuras de Yoguria. El huevo más joven se lanzó con su espada a por el príncipe, pero este le esquivó y le quitó el arma. Rubiales era un gran espadachín y no tardó ni un minuto en acorralar a los otros dos soldados y dejarlos indefensos.

—No nos haga daño, señor —pidió el jefazo.

—No lo haré, pero tenéis que prometerme que no me seguiréis —concedió el príncipe.

—Prometido, prometido —dijeron los tres a coro.

Así que los dejamos allí y continuamos ascendiendo. El príncipe conocía todos los escondites y conseguimos escapar varias veces de las patrullas. Finalmente salimos al patio del castillo con los soldados pisándonos los talones. El sol —o la bombilla de la nevera— brillaba con fuerza en el cielo. De repente un olor horrible a queso podrido me llegó a la nariz y al girarme comprobé que el auténtico Podridín encabezaba la persecución.

—¡Vamos, señor, haga el hechizo, ya estamos a la luz del día! —suplicó Donratón.

—Sí, es el momento. Acércate, Caballero Sara Rubio —me dijo el príncipe solemnemente.

No era el momento de repetir que yo no era ningún caballero, y además el príncipe me caía muy bien, así que no dije nada y me acerqué.

El príncipe me tomó del brazo y comenzó a recitar un hechizo en una lengua muy extraña. De pronto, empecé a sentir un cosquilleo en los dedos de las manos y un calor reconfortante me subió desde los pies.

En ese momento, Podridín se lanzó a por el príncipe y trató de golpearle blandiendo una porra y un churro. Pero Donratón, en un alarde de valentía impropio en él, se interpuso entre ambos y evitó que se rompiera el hechizo. El pobre bibliotecario recibió el porrazo en toda la cabeza y se desplomó. Podridín, sorprendido, se tropezó con el cuerpo de Donratón y también cayó al suelo.

Donratón, aunque aturdido, aprovechó la ocasión para tumbarse encima de su rival e inmovilizarle bajo su peso.

—¡Por el Gran Queso de Gruyer, pero qué es esto! ¡Vamos, paradles, paradles! —dijo una voz muy potente.

Por el rabillo del ojo vi a un hombre muy alto con un casco en forma de queso de bola que se acercaba a nosotros montando un caballo negro. Era sin duda el Duque de Roquefort.

Entonces el príncipe acabó de recitar el hechizo y una luz rojiza iluminó mi cuerpo. Parecía que me hubiese convertido en un árbol de Navidad.

—Ha funcionado —dijo el príncipe agotado por el esfuerzo—. El poder del hechizo está en ti, ahora puedes derrotar al duque.

Pero de repente la luz se apagó y volví a la normalidad. El príncipe me miró boquiabierto y luego se giró hacia Donratón.

—No es un caballero —dijo, más decepcionado que enfurecido.

—¡Ja, ja, ja, ja! —La risa desagradable del Duque de Roquefort resonó en la plaza.— ¿Tantos esfuerzos para esto? No os preocupéis, principito blandengue, pronto tú y tus amigos os reuniréis con el Monstruo de la Fecha de Caducidad.

El duque galopó hacia nosotros, golpeó con su mazo al Príncipe Rubiales y lo tiró al suelo. Parecía que el pobre se había desmayado por el batacazo. Roquefort se bajó del caballo y avanzó haciendo chirriar su armadura. Entonces, sin que el duque me viese, cogí el bastón cerilla de Donratón y lo oculté tras de mí. Mientras se acercaba, me fijé en que su armadura tenía un pequeño hueco debajo del brazo derecho.

El duque se paró a un metro de nosotros y se volvió a reír.

—Yo mismo os tiraré a los tres al agujero —dijo con voz de malvado.

El Príncipe Rubiales se levantó de improviso y atacó al duque, que se vio sorprendido. Pero el príncipe se había quedado sin fuerzas por el hechizo, y apenas consiguió moverle unos centímetros.

—¡Ja, ja, ja! Eres muy rápido, pero muy debilucho. Más pareces una princesita que un guerrero. ¡Al agujero, rubio de bote! —rugió Roquefort, levantando al príncipe por los aires como si fuese una pluma.

Entonces me fijé de nuevo en el hueco que se abría entre la armadura y me preparé. Me concentré todo lo que pude y de repente la mano volvió a ponerse roja por un instante. Fueron solo unos segundos, pero los suficientes para que la cerilla se prendiese con un fuego muy rojo.

Apunté con mucha atención y lancé el bastón con todas mis fuerzas. La cerilla cruzó el aire y golpeó débilmente la armadura del duque, junto al hueco. Después cayó al suelo y se apagó. El duque se dio la vuelta, me miró con sus ojillos porcinos y se volvió a reír.

—Bueno, bueno. Espera, que también tengo para ti, niñata.

El duque se acercó a mí y me cogió con el otro brazo riendo como un loco. Comenzó a avanzar hacia el agujero mientras todo el mundo en el castillo contemplaba la escena. Roquefort se paró junto al borde del abismo y levantó los dos brazos. Abajo, en el otro nivel, se podía ver el laberinto y un monstruo enorme con varias cabezas.

—Muchas gracias por intentarlo —me dijo el príncipe sin fuerzas.

El duque le mandó callar con un gesto brusco.

—¡Querido pueblo, a partir de hoy tenéis un nuevo amo y señor! —gritó el duque con voz de trueno—. Porque como veis, el principito rosa ya ha caducado.

El Duque de Roquefort se inclinó sobre el agujero con la intención de tirarnos dentro. Pero en ese momento sus piernas comenzaron a flaquear y a los pocos segundos cayó de rodillas. Partiendo del pequeño agujero que había en su coraza, un pequeño fuego rojo se había ido extendiendo poco a poco por todo su cuerpo, hasta envolverle del todo. ¡Uf! Al final mi disparo no había sido tan malo.

—¿Pero qué es esto? —preguntó el duque con un rugido—.

¡Me estoy derritiendo!

Y así era. El fuego rojo le estaba derritiendo como si fuese una *fondue* de queso. Me liberé de su blandito abrazo y fui a ayudar al príncipe, que estaba al borde del precipicio.

El fuego comenzó a apagarse, pero ya había hecho su trabajo. El duque estaba fundido en un gran charco de queso en medio de la plaza. Solo su cabeza permanecía reconocible.

—¡Guardias, apresadles! —gritó el duque desde el suelo, desesperado.

Pero nadie se movió. La guardia real contemplaba pasmada la escena sin decir esta boca es mía. Entonces el príncipe se levantó trabajosamente y habló en voz alta para que todos le oyeran.

—Querido pueblo de MundoVera. Se ha cometido un grave atentado contra el reino y mi persona. Pero gracias a un valeroso caballero o lo que sea de MundoReal, hemos conseguido salir bien de esta.

El pueblo, hasta ahora intimidado por el poder del duque, comenzó a aplaudir y a vitorear al príncipe.

—Llevaos al duque y a Podridín a la mazmorra. Más tarde tal vez nos hagamos un *sándwich* con ellos —ordenó el príncipe.

Los guardias obedecieron inmediatamente, y les pusieron unas esposas al derretido duque y a su magullado sobrino.

—Y ahora, Sara Rubio, pídenos lo que quieras, te será concedido —dijo el príncipe guiñándome un ojo.

—Quiero volver a mi casa en MundoReal —dije decidida.

—Hecho. ¿Pero solo deseas eso? Es poco premio por todo lo

que has hecho por nosotros.

—Bueno, la verdad es que además hay algo que me gustaría mucho.

Me acerqué al príncipe y le pedí una cosa al oído, en voz baja. El príncipe se rió a carcajadas y me miró de nuevo.

—Concedido. Pero antes vamos a celebrar un banquete.

—Es que tengo algo de prisa, Príncipe Rubiales. Mi madre se va a preocupar si se despierta y no me encuentra en casa.

—De acuerdo, como quieras. Pero primero tu otro deseo. Maese Donratón, haced el favor de acercaros.

Donratón se acercó a duras penas. Estaba muy cansado después de tanta aventura y el pobre olía fatal después de su lucha con Podridín.

—Por el valor y la entrega que has demostrado, a partir de este momento, te nombro Caballero Real de la Orden del Calcetín Dorado, y te recompenso con este par de calcetines de oro. Son muy especiales, porque nunca tendrás que lavarlos y siempre estarán limpios —dijo el príncipe.

—Muchas gracias, Su Altísima Majestad Majestuosa —contestó Donratón con lágrimas en los ojos.

El bibliotecario se me acercó y me dio un abrazo de despedida.

—¡Soy caballero, soy caballero! —repetía una y otra vez—. Muchas gracias, Caballero Sara Rubio. Soy vuestro esclavo, estoy a vuestros pies para lo que haga falta.

—Muchas de nadas, y solo quiero una cosa, que no me llames

más caballero. Me llamo Sara.

Donratón me miró y dejó escapar una última lagrimilla.

—Adiós, Sara. Espero verte muy pronto —dijo Donratón tendiéndome su bastón cerilla—. Ten, guárdalo para que te acuerdes de mí.

—Adiós, Donratón, y mucha suerte como caballero —le dije sonriendo.

El príncipe me cogió de las manos y me miró a los ojos.

—¿Estás preparada?

—Sí.

El príncipe comenzó a recitar el hechizo con su bonita voz. De pronto, la plaza empezó a perder su forma y vi pasar los colores del arco iris por delante de mis ojos a toda velocidad. Luego, en un segundo, todo se quedó a oscuras.

Capítulo 11

—Sara, despierta —tronó una voz conocida en mis oídos.

—¿Mamá? —dije abriendo los ojos.

Estaba tumbada sobre un suelo de baldosas muy frío, vestida con el pijama. La nevera estaba abierta y mi madre me miraba con cara de preocupación.

—¿Pero qué haces durmiendo en el suelo de la cocina? ¿Y qué hace la nevera abierta?

Miré a mi alrededor y todo estaba en su sitio, el helado que Donratón había dejado tirado por el suelo había desaparecido. Al mirar dentro de la nevera, vi que todo estaba como la noche anterior. No había ni rastro del volcán ni de los salvajes reducecabezas. No se veía al Monstruo FC ni su laberinto. Nada había quedado del Castillo de Siempre Fresco.

Todo era completamente normal. Simplemente todo debía de haber sido un extraño sueño. Eso me hizo sentir una punzada de pena muy grande, pero justo en ese instante mi madre me levantó en el aire y me dio un abrazo sonriente.

—¡Pero mira dónde estaban los helados de ayer! Entonces era

verdad que no te los habías comido tú... Perdóname, hija —dijo.

Era muy raro. Había cuatro helados de chocolate en el congelador. Los dos que habían desaparecido la noche anterior, y los otros dos que Donratón se había comido hacía solo unas horas.

Bueno, tal vez no miramos bien el día anterior. Además, eso confirmaba que todo había sido un sueño, pensé con tristeza.

—Anda, vámonos a la cama, que aún falta un rato para que amanezca —dijo mi madre.

Después me acompañó al cuarto y, al meterme en la cama, me acarició el pelo.

—¿Qué es esto? —preguntó extrañada.

Mi madre me quitó algo del pelo y me lo mostró. Era una cerilla pintada con los colores del arco iris.

¡El bastón de Donratón!

Debió quedarse enganchado en mi pelo cuando el príncipe pronunció el hechizo. Estuve a punto de gritar y reír como una loca, pero preferí guardármelo para más tarde, así que le dije a mi madre con voz muy tranquila:

—Es un palillo decorativo que estamos haciendo en manualidades. Deja, que ya lo guardo yo.

—Claro que sí, cariño. Buenas noches.

—Buenas noches, mamá.

Mi madre cerró la puerta con cuidado y me quedé a oscuras. Hacía mucho calor, y aunque solo estábamos a principios de junio, no me importó nada. Tenía un sitio muy fresquito donde acudir todas las noches, pensé mientras frotaba la cerilla. Una luz rojiza comenzó a brillar en la punta, iluminando mi sonrisa traviesa en la oscuridad. Le había hecho una promesa a una gamba de carreras y estaba decidida a cumplir. Además, no sabía si el Príncipe Rubiales tenía novia...

Aquel iba a ser un verano muy divertido.

FIN

Made in the USA
Lexington, KY
29 May 2014